NNIER

DES THÉATRES.

CHOIX

De romances nouvelles et chansons
nationales.

83

Y AVIGNON,

prim.-Libraire.

Y

CHANSONNIER
DES THÉATRES.

CHOIX

De romances nouvelles et chansons nationales.

AVIGNON,

PEYRI, Imprimeur-Libraire.

1854.

LA MÈRE DU PÊCHEUR,

J'ai vu déjà passer la nuit entière
A l'horizon vient de naître le jour,
Mon fils, n'est pas à la chaumière,
Pour lui, je crains et j'attends son
    retour ;
Le vent grondait et présageait l'orage,
Malgré mes pleurs, lorsqu'il voulut
    partir.
Dieu tout-puissant, sauvez-le du nau-
    frage,
Et vers le bord, faites le revenir.

Mes yeux au loin découvrent la tempête
Je vois la mer, couverte de débris,

Que sur le bord le flot grondant rejette;
J'appelle!... et rien ne répond à mes cris,
Dans ces périls, si mon fils perd courage
Qui loin d'ici pourra le secourir ?
     Dieu, etc.

Dans un esquif, que la vague ramène,
Je vois lutter un malheureux pêcheur.
Loin des recifs, si l'ouragan l'entraîne,
Il est sauvé, quel espoir enchanteur !
Mais c'est mon fils, il rame vers la plage,
Oui le voilà tous mes maux vont finir.
Merci, Seigneur, il échappe au naufrage,
Et vers le bord, je le vois revenir.

L'ÉTOILE DU MATIN.

Toi qui donne la vie
Aux simples fleurs des champs,
Beau soleil du printemps,
Veille sur mon amie,
Sois doux chaque matin
A celle que j'adore,
Doux depuis ton aurore
Jusqu'à ton déclin.

Hâte pour la surprendre,
Le tilleul, le lilas,
Fait pour ces premiers pas
Croître une herbe plus tendre.
Et vous gentils oiseaux
Repassez au bocage,
Tous vos airs les plus sages,
Tous vos chants les plus beaux.

Matineuse alouette
Au céleste séjour,
Chante aussi ton amour,
Imite la fauvette,
Quand tu fuis vers les cieux,
Songe que sur la terre,
Tes chants pourraient distraire,
Quelque amant malheureux.

LA CURIEUSE.

Un jour, m'en allant au village,
J'aperçus, là, j'aperçus sous un tilleul,
Daniel qui sans me voir je gage,
Disait, disait, tout en se croyant seul.
Mon Dieu qu'elle est jolie !

Et sa taille qui plie,
Ainsi que fait souvent
La fleur bercée au vent !...
Puis soudain , je n'entendis pas,
Car , voyez-vous , Daniel, parla , parla
    plus bas.

Alors , sans être curieuse ,
Moi, je voulus, je voulus me rapprocher,
Daniel , tant l'herbe était soigneuse ,
Disait, disait, sans m'entendre marcher :
Mon Dieu , comme elle est bonne !
Aux pauvres , tous les jours ,
Elle apporte un secours !
En secret , elle donne ;
Quelqu'un qui la trahit ,
Un pauvre me la dit !...
    Puis soudain , etc.

Et moi, qui voulait tout entendre ,
Je me glissé, me glissé plus près de lui ;
Sa voix tout émue et tendre ,
Ainsi, ainsi, qu'est la mienne aujour-
    d'hui !...
Daniel disait que je l'aime !
Mais le lui dire , hélas !
Mon cœur n'osera pas !

Pourtant, plus que moi-même,
Je l'aime, et mon secret,
Dieu seul, Dieu seul le sait !
Je tremblais, je n'entendis pas...
Mais, je crois bien qu'il me nomma,
Tout bas, tout bas !...

LA VIVANDIÈRE DU RÉGIMENT.

S'il fut jamais sur terre
Un état, c'est vraiment,
Celui de vivandière
Dans un beau régiment.

Femme jeune et jolie
Dans ce métier, toujours,
Peut servir la patrie,
Bacchus et les amours.　　　　bis.

Ainsi qu'une reine,
Je suis souveraine,
On me fait la cour;
L'officier m'implore,
Le soldat m'adore,
Même le tambour.
　　S'il fut jamais, etc.

Chacun pour me plaire
Prend un petit verre,
Se dit mon amant;
Gloire, soit jalouse,
Car demain j'épouse
Tout le régiment.   bis.
 S'il fut jamais, etc.

Douce et joliette,
Même un peu coquette,
J'ai toujours bon cœur;
Quand il faut se battre
Je suis diable à quatre,
Souvent je fais peur.
 S'il fut jamais, etc.

Liqueurs, eau-de-vie,
Viens de ma patrie,
Voilà mon refrain
Suivre au loin la gloire
Et verser à boire,
Voilà mon destin.

S'il fut jamais sur terre
Un état, c'est vraiment,
Celui de vivandière
Dans un beau régiment.

LES PLUS BEAUX YEUX DE CASTILLE.

Si tard , belle Castillane
Ou vas -tu quand la nuit plane ,
Ne crains-tu pas pour ton cœur ,
A ta poursuite un voleur.

REFRAIN.

C'est que vois-tu ma gentille ,
Il est sous ton voile noir ,
Les plus beaux yeux de Castille ,
Les plus beaux yeux qu'on puisse voir.

J'ai vu passer l'Andalouse ,
Que par l'Espagne jalouse ,
J'ai bien vu son front bruni ,
Mon cœur n'a pas tressailli.
C'est que vois-tu , etc.

Un soir j'ai vu notre infante
Qu'avec raison chacun vante ,
Elle séduirait un roi ,
Sans être aussi bien que toi.
C'est que vois-tu , etc.

A te voir danser ma belle
Souple comme une gazelle,
Je voudrais au boléro
Etre ton cavalero.
     C'est que vois-tu , etc.

LES RIVES DE FRANCE.

REFRAIN.

Vers les rives de France ,
Voguons en chantant,
Oui, voguons doucement,
Pour nous , les vents sont si doux.
Pays , notre espérance , rivage béni,
Oui , vers tes bords chéris
Un Dieu d'amour nous conduits.

    Loin de la patrie ,
    Terre bien chérie ,
    D'un exil amer .
    Nous avons soufferts.
    En des jours d'alarmes
    Il fallut en larmes
    Dire un triste adieu,
    A notre ciel bleu.
      Ah ! vers les rives, etc.

Cette onde limpide,
Coule plus rapide,
Les cieux sont plus bleus ,
Nos chants plus joyeux.
Reine des étoiles ,
Souffle dans nos voiles ,
Rends à leur pays
Des français bannis.
    Ah ! vers les rives, etc.

Sur ces vagues grises ,
De suaves brises
Embaume les airs ,
Du parfum des mers.
Là -bas... une grève ,
Ce n'est point un rêve ,
A nos yeux surpris,
Oui ! c'est le pays.

Ah ! voilà . voilà , la France ,
Voguons en chantant ,
Oui , voguons doucement ,
Pour nous , les vents sont plus doux.
Pays, notre espérance, rivage bénis,
Oui, vers ton bord chéris ,
Un Dieu d'amour ici nous conduits.

S'IL VOULAIT M'AIMER UN PEU !

Ah ! s'il voulait m'aimer un peu !
Un peu pour toute ma tendresse,
Dans mon regard, plus de tristesse,
Vous le savez, ô mon Dieu !
Alors, du moins, alors mes larmes
Seraient pour moi pleines de charmes,
S'il voulait... s'il voulait... m'aimer,
    m'aimer un peu !

Ah ! s'il voulait m'aimer un peu !
L'aimant ainsi qu'aime une femme,
Son âme, à lui, serait mon âme,
Vous le savez, ô mon Dieu !...
Heureux alors, sa moindre peine,
M'appartiendrait, serait la mienne.
S'il voulait... s'il voulait... m'aimer,
    m'aimer un peu !

Ah ! s'il voulait m'aimer un peu !
Jamais, pour moi, plus de souffrance;
Elle est dans son indifférence,
Vous le savez, ô mon Dieu !...
Hélas ! (c'est tout ce que j'envie !)
J'aurais un beau jour dans ma vie.
S'il voulait... s'il voulait... m'aimer,
    m'aimer un peu !

L'ODE DE LA CHARITÉ.

ROMANCE NOUVELLE.

La nuit avait voilé la terre de ses ombres.
Le silence régnait dans les espaces som-
  bres ;
Une voix s'éleva planant sur la cité :
Mortels dont le bonheur habite la de-
  meure,
Non loin de vos palais le pauvre souffre
  et pleure ;
Donnez, je suis la charité.   bis.

Au sein de vos palais, où l'opulence
 brille,

Le pauvre a-t-il sa place au banquet de
   famille ?
Avez-vous convié la sainte égalité ?
Mortels dont le malheur accueille les
   prières ;
Ne les repoussez pas, ces hommes sont
   vos frères
   Donnez, je suis la charité.   bis.

Riches, de tant de biens, soyez riches
   d'aumônes,
Bientôt voici le jour où tout vous abandonne,
Jour fatal, jour fatal qu'on nomme
   égalité ;
Mortels le pauvre alors que vous laissez
   sur terre,
Pour la porter à Dieu, vous donne sa
   prière ;
   Donnez, je suis la charité.   bis.

LOIN DU BRUIT DES VILLES.

   La campagne est belle,
   L'air limpide et pur,
   La vague étincelle

Sous un ciel d'azur,
Oublions la terre,
Quittons le coteau ;
Du lac solitaire
Viens charmer l'écho...

REFRAIN

Loin du bruit des villes
Chantons, chantons toujours,
Nos places tranquilles
Et nos beaux jours.

Tout dans la nature
Semble s'animer ;
Parfum, doux murmure,
Tout veut nous charmer...
Dans notre nacelle
Oublions Paris,
Viens ma sœur fidèle,
Sur ces bords fleuris.
Loin du bruit, etc.

Vois ces frais ombrages
D'un séjour charmant,
Suivons ces rivages,
Voguons doucement ;
Nos voix se marient,
Chants mélodieux

Et deux anges prient
our nous dans les cieux
Loin du bruit , etc.

LA PLAINTE DU MOUSSE.

Pourquoi m'avoir livré l'autre jour, ô
  ma mère !
A ces hommes méchants qu'on nomme
  matelots,
Qui toujours aux enfants parlent avec
  colère
Et se plai-ent à voir leurs cris et leurs
  sanglots.
Toi mère, tu rendais la douleur moins
  pénible
Ta voix était plus douce à celui qui pâlit :
Si ces gens sont mauvais la mer est bien
  terrible,
Ma mère qu'as-tu fait de ton pauvre petit ?

Dans ton logis, le pain était bien noir,
  ma mère,
Mais ta main le donnait avec des mots si
  doux,

Que pour moi la saveur en était moins
  amère,
Et puis je le mangeais assis sur tes ge-
  noux.
Ici point de pitié, personne, hélas ! qui
  m'aime,
Et lorsque le repas des autres se finit,
On me jette ma part en lançant son blas-
  phème.
Ma mère qu'as-tu fait de ton pauvre petit ?

Mais qui vient donc encor troubler ma
  rêverie,
Un bruit qui m'épouvante a retenti par-
  tout,
Voici l'aigre sifflet du maître qui nous
  crie,
Quittez votre hamac, allons, debout, debout
On se parle tout bas, et chacun s'inquiète,
J'entends la mer craquer, et la mer qui
  mugit,
Tout le ciel est en feu, grand Dieu ! c'est
  la tempête !
Ma mère, qu'as-tu fait de ton pauvre petit.

LA PRIÈRE DANS LE BOIS.

Où sommes-nous, hélas, mon frère ?
Le bois devient sombre et sans bruit;
Que de tourments pour notre mère,
Déjà l'étoile nous a lui.
Sommes nous bien du village?
Mon frère, donne-moi la main,
Prions ma sœur et du courage,
Voici, je crois, notre chemin !
Ha ! si c'était notre chemin !

    RÉFRAIN.
 Entends notre prière ,
 Dieu si bon et si puissant,
 Guide nos pas vers la chaumière
 Où notre mère nous attends.
 Seul et puissant (bis) où notre mère,
Triste et pleurant (bis) dans sa chaumière
  Nous attends.

Je vois là bas une clairière,
Qui doit donner sur le vallon;
Ecoute on sonne la prière,
De notre cloche, ah ! c'est le son;
C'est l'heure, où comme le dimanche,

Prions c'est l'heure où Dieu se penche
Pour entendre les malheureux ! — bis.
   Entends notre prière, etc.

LA FILLE DE LA NUIT.

Entendez-vous ? entendez-vous ?
Ces chants du soir, ces chants si doux,
C'est elle, c'est elle,
C'est la fille de la nuit,
Amis suivons là sans bruit,
C'est la fille de la nuit.
Carita, Carita, chante encore,   bis.
La nuit, la nuit et si belle.

Quand vient le jour,   bis.
Son chant d'amour luit sans retour,
Comme elle, comme elle;
A son front mystérieux
Brille une étoile des cieux.   bis.
   Carita, Carita, etc.

Elle apparaît, elle apparaît
Sous un bluet et tout renaît,
Pour elle, pour elle;
Les fleurs, la brise et les bois,
Se réveillant à sa voix.   bis.
   Carita, Carita, etc.

LES OISEAUX DU FOU.

REFRAIN.

Petits oiseaux mangés sur ma fenêtre,
De ce pain noir que vous donne ma main,
Mangez-en bien aujourdhui, car peut-être
Ni vous, ni moi, n'en mangerons demain.

Vous souvient-il de la jeune maîtresse,
Qui chaque jour vous appelle ainsi,
A mon amour préférant la richesse,
Elle est partie et je suis seul ici.

Petits oiseaux , etc.

En soupirant lorsque je la réclame,
On me repousse, on me nomme insensé,
Oh rendez-moi cette part de mon ame,
Où tout amour en son cœur j'ai placé.

Petits oiseaux, etc.

Petits oiseaux chantés elle est si belle,
Et votre chant pour elle a tant d'appas,
Mais qu'ai-je dit, elle m'est infidèle,
Oh ! j'en mourrai, petits ne chantés pas.

Petits oiseaux mangés sur ma fenêtre,
De ce pain noir que vous donne ma main,
Mangez-en bien aujourd'hui, car peut-être
Ni vous, ni moi, n'en mangerons demain.

LA TOURTERELLE DU PAUVRE.

Mon pauvre oiseau, le pain que tu de-
    mandes
Manque au logis depuis longtemps déjà;
Mon maître a dit : je n'ai plus de com-
    mandes,
Depuis ce temps que de pain on mangea!
Pendant trois jours une diète cruelle
A nos douleurs n'a pas encore mis fin.
Endormons-nous ma pauvre tourterelle,
Tous deux ensemble il faut mourir de faim.

J'ai cependant bon bras et bon courage,
Je sais conduire marteaux et compas,
J'ai dit à tous : Donnez-moi de l'ouvrage.
Tous ils m'ont dit, mais nous n'avons pas.
Je redoutais au coin d'une ruelle,
Moi travailleur d'aller tendre la main,
Endormons-nous, ma pauvre tourterelle,
Tous deux ensemble il faut mourir de faim.

Pour mourir seul, j'avais ouvert la cage,
Un cœur humain eût pu te secourir;

Tu préféras à l'espace au bocage,
Mon amitié qui te fera mourir.
En vain ton bec, faible comme ton aile,
Cherche à ma bouche une miette de pain.
Endormons-nous ma bonne tourterelle,
Tous deux ensemble il faut mourir de faim

Je conservais un bouquet de Louise,
Je le gardais bien propre, bien coquet;
Je l'aimais tant... Elle fût ma promise...
Je t'ai donné pour manger .. son bouquet;
Tu becquetas chaque fleur naturelle,
De ce bouquet qu'avait porté son sein.
Endormons-nous, ma pauvre tourterelle,
Tous deux ensemble il faut mourir de faim.

Dieu ! pardonnez à ma douleur amère;
Je voudrais bien expirer le premier...
Viens, mange donc la lettre de ma mère...
Tu ne veux pas toucher à ce papier?
Merci ! tu crains ma compagne fidèle,
De mutiler, ce souvenir divin.
Endormons nous, ma pauvre tourterelle,
Tous deux ensemble il faut mourir de faim.

LES DEUX MERES.

Oui mon frère, on dit vrai la France est
    envahie,
Et l'étranger sans y croire a vaincu nos
    drapeaux
Pour venger son honneur, l'honneur de
    la patrie
Tout homme est un soldat], tout soldat
    un héros,
Nous voici tous debout et toi-même aux
    frontières,
D'un peuple soulevé, tu veux suivre
    l'élan ;
Non demeure, il le faut, car nous avons
    deux mères,
Et chacune des deux a besoin d'un enfant.

REFRAIN.

Quand je pars au combat, mon frère,
Rester est un devoir pour toi,
Qui donc défendrait notre mère,   bis.
Frère, tu prieras Dieu pour moi.

Quoi mon frère, au danger tu veux pren-
    dre ma place,

Tu te crois déserteur en restant au foyer,
C'est d'un cœur généreux, mais quand la
    mort menace
Moi l'aîné, j'ai le droit de mourir le pre-
    mier,
A l'appel du pays, au récit du carnage,
Au canon, au tocsin, aux clameurs du
    combat,
Résister, ô mon frère, est encore du cou-
    rage;
A ton âge on est fils, avant d'être soldats
    Quand je pars au combat, mon frère,
    Rester est un devoir pour toi,
    Qui donc défendrait notre mère,   bis.
    Frère, tu prieras Dieu pour moi.

Mais un soir l'étranger, trahison perfidie
Sous le chaume où l'enfant sur sa mère
    veillait
S'introduit pas à pas et soudain l'incendie,
Mêle son sinistre aux éclairs du mous-
    quet,
Puis l'enfant orphelin seul rejoint son
    frère,
Qui comprit tout hélas et dit dans un
    soupir :
Puisque nous n'avons plus que la France
    pour mère,

Pour elle comme moi, tu peux, tu dois
    mourir.
Viens, marche à mes côtés mon frère,
Combattre est un devoir pour toi;
Au ciel nous attend notre mère,   bis.
Frère, viens mourir avec moi.

ENFANTS N'Y TOUCHEZ PAS !

Du nid charmant caché sous la feuillée,
Cruels petits lutins à la mine éveillée ;
Du nid charmant caché sous la feuillée,
Hélas pourquoi ainsi faire le tourment.

    Ce nid, ce doux mystère
    Que vous guettez d'en bas,
    C'est l'espoir du printemps,
    C'est l'amour d'une mère,
    Enfants n'y touchez pas.   bis.

Qui chantera, Dieu! la brise et les roses,
Méchants si vous tuez ces jeunes voix
    écloses,
Qui chantera, Dieu, la brise et les roses
Autour de vous tout s'en attristera.
    Ce nid, etc.

Dieu seul a droit surtout ce qui respire,
Ne pouvant rien créer, il ne faut rien
    détruire,
Dieu seul a droit surtout ce qui respire,
Beaux maraudeurs, prenez garde, il vous
    voit.
        Ce nid, etc.

Laissons, laissons, les bouquets à leur
    tige.
A l'air qu'il réjouit, l'insecte qu'il voltige.
Laissons, laissons, les bouquets à leur
    tige,
Aux bois, leurs ombres, et leurs nids
    aux buissons.
        Ce nid, etc.

LA CORVETTE DE LA BELLE EUGÉNIE.

REFRAIN.

Les matelots de la Belle-Eugénie,
Ont pavoisé des plus riches couleurs
Ce beau vaisseau qui part pour l'Italie,
Pays d'amour, de parfums et de fleurs.
 Légère et coquette,
 Voici la corvette
 Qui déjà s'apprête
 A quitter le port.

Séduit par ta grâce,
Car le temps qui passe,
Grandit son essor
J'entends du rivage,
Le chant du voyage,
Joyeux équipage,
Ramons tous à bord.
 Les matelots, etc.

Salut, ô mon âme !
L'ardente oriflamme,

A la rouge trame,
Au riche blason,
Fidèle interprète,
Moi qui te regrette,
Voici qu'on nous jette
L'adieu du canon.
Les matelots, etc.

Sur le lit qui plie,
La Belle-Eugénie,
S'avance et défie,
L'orage qui dort;
Prions la madone,
C'est elle qui nous donne
Quand la foudre tonne,
La vie ou la mort.
Les matelots, etc.

Brise si légère,
Qui porte à la terre
La sainte prière,
Que l'on dit à bord,
Pour charmer l'absence,
Rapporte de France
Un mot d'espérance
Sur ton aile d'or.
Les matelots, etc.

LA FÊTE DES MADONNES.

C'est aujourd'hui la fête des Madonnes
Parez vos fronts de rubans et de fleurs,
Puis à genoux aux pieds de vos patronnes
Pour implorer de nouvelles faveurs.

Refrain.

Venez, venez, jeunes fillettes,
Venez, venez, on danse aux rives de l'Ebro,
Entendez-vous les castagnettes et le bo-
léro.   bis.

3

A la ceinture attachez vos rosaires,
Prenez en main le bouquet d'oranger,
Puis à genoux, près d'un beau scapulaire,
Mais sans rougir, vous pouvez l'échanger.
  Venez, venez, venez, etc.

On vous attends déposez vos offrandes
Et si la Vierge est contente de vous,
Ce soir peut-être une riche guirlande
Vous apprendra les aveux d'un époux.
  Venez, venez, venez, etc.

LA PATRIE DES HIRONDELLES.

Refrain.

Hirondelles légères,
Dans les cieux éclatants,
Vous êtes messagères
Du rapide printemps ;
Car pour vous la patrie,
Sera toujours, toujours,
Où la rose est fleurie,
Où naissent les beaux jours.

Pour retrouver la saison parfumée

Qui, donne aux bois d'harmonieux con-
    certs ,
Qui donne aux près la marguerite aimée,
Vous traversez l'immensité des mers...
    Hirondelles , etc.

Quand vous venez l'églantier se réveille,
La brise est douce et le flot applanni,
Cueillir du miel, on aperçoit l'abeille
Dans un bosquet, chaque oiseau fait nid.
    Hirondelles , etc.

Mais de l'hiver, voyez-vous un nuage
Vers d'autres bords dirigeant votre vol,
Vous emportez et les fleurs et l'ombrage,
Et le doux chant que dit le rossignol.
    Hirondelles , etc.

LA MORT DU PATRE.

Quel bruit de sinistre présage
A glacé mes sens éperdus,
Au loin tout nous prédit l'orage,
Philomelle ne chante plus,
Le soleil couvre sa lumière,

Le torrent gronde et mugit toujours.
Dieu protège ma chaumière,
Ma vieille mère et mes amours.

Ces pécheurs là bas sur la plage,
S'embarquent naguère en chantant,
Les voilà battus par l'orage,
Jouets de la foudre et du temps.
Ils vont périr, à leur misère,
Hâtons-nous de porter secours.
Dieu protégera ma chaumière,
Ma vieille mère et mes amours.

Il lit, et du torrent qui gronde
Le Pâtre a bravé les fureurs,
Vain espoir, il périt sous l'onde.
Et ne sauva point les pêcheurs.
On l'entendit à son heure dernière,
Gémir et murmurer toujours,
Dieu protégera ma chaumière,
Ma vieille mère et mes amours.

DIEU, PÈRE ET PATRIE,

Oui, pauvre enfant sur ce rivage,
On prétend que j'ai mille attraits,

Mais que mon cœur est trop sauvage,
Qu'enfin, je n'aimerai jamais.
Comme les fleurs à peine écloses,
J'aime où le voit à mon émoi,
J'aime Dieu qui créa les roses,
J'aime Dieu qui veille sur moi.

REFRAIN.

Quand à vous qui comprez fleurettes,
A chaque fleurs de nos sillons,
Laissez-moi parmi les pauvrettes,
Je n'entends rien aux amourettes
Et n'aime pas les papillons.

J'aime un vieillard, à qui j'espère,
Donner une part de bonheur,
C'est un vieux soldat, c'est mon père,
Il n'a pour bien que son honneur.
Je lui dois mon heureuse enfance,
J'embellirais ces derniers jours,
Il prendra toujours ma défense
Et moi je l'aimerai toujours.
  Quand à vous, etc.

J'aime ardemment, ma belle France,
Où les fleurs ont si bon accueil,
Terre d'honneur et d'espérance,
Oui mon cœur, l'aime avec orgueil.

Vous me verriez bientôt flétrie,
S'il me fallait lui dire adieu ;
C'est que j'aime autant ma patrie
Que j'aime mon pere et mon Dieu.
        Quand à vous, etc.

PENSÉE !...

Petite fleur, ô doux emblème,
Joli messager du bonheur ;
Va porter à celle que j'aime,
Les tendres soupirs de mon cœur.

Dans ton simple et touchant langage,
Dis-lui ce que je sens si bien ;
Sois pour elle un sincère gage.
Pour moi sois le plus doux bien.

Dis-lui que tout sur cette terre
Sans elle n'est plus rien pour moi ;
Mon cœur pour son cœur c'est le lierre...
Lui plaire est ma suprême loi !

C'est qu'elle est si bonne, si belle !
Belle par l'esprit par le cœur.
Oh ! l'on oublierait tout près d'elle,
Car près d'elle, c'est le bonheur !

Mon âme à vue est ravie,
Il m'est si doux de la chérir !
Son regard me rendrait la vie
Si d'amour on pouvait mourir !...

Quand vers Dieu mon âme s'élève,
Je dis : priant pour mes amours,
Si mon doux espoir n'est qu'un rêve,
Oh ! laissez-moi rêver toujours.

LE CHEVALIER DU GUET.

Voici déjà le son du couvre feu,
Au châtelet il faut me rendre,
Je reviendrai quand le ciel sera bleu
A Notre-Dame vient m'attendre,
Soldat mon bras est à mon roi,
Pense à la la pauvre sentinelle
Qui voudrait ne garder que toi.

Soldat du guet, sur la grève,
Le front perdu dans les ténèbres
J'écouterai du clocher sombre et noir
La plainte et les accents funèbres,

Ma belle alors, oh ! pense à moi
A moi qui soupire et t'appelle,
Pense à la pauvre sentinelle
Qui voudrait n'écouter que toi.

Mais si bientôt le roi Charles voulait
Aux huguenots porter la guerre,
Sans hésiter comme il faudrait
Au combat suivre sa bannière.
Si je succombe, oh ! pense à moi
La mort me serait cruelle,
Car ici la sentinelle
Ne voudrait mourir que pour toi.

LA MÈRE AVEUGLE.

Tout en filant votre lin,
Ecoutez-moi bien, ma fille
Déjà votre cœur sautille
Au nom du jeune Colin.
Craignez ce qu'il vous conseille.
Quoique aveugle, je surveille ;
A tout je prête l'oreille
Et vous soupirez tout las
Votre Colin n'est qu'un traître. . . .

Mais, vous ouvrez la fenêtre :
Lise, vous ne filez pas.

Il fait trop chaud, dites-vous ;
Mais par la fenêtre ouverte,
A Colin toujours alerte,
Ne faites pas les yeux doux.
Vous vous plaignez que je gronde ;
Hélas ! je fus jeune et blonde ;
Je sais combien dans ce monde
On peut faire de faux pas.
L'amour trop souvent l'emporte ;
Mais quelqu'un est à la porte ;
Lise, vous ne filez pas.

C'est le vent, me dites-vous,
Qui fait crier la serrure,
Et mon vieux chien qui murmure,
Gagne à cela de bons coups.
Oui, fiez-vous à mon âge ;
Colin deviendra volage ;
Craignez, si vous n'êtes sage,
De pleurer sur vos appas.
Grand Dieu ! que viens-je d'entendre ?
C'est le bruit d'un baiser tendre ;
Lise, vous ne filez pas.

LE KABILE.

MÉLODIE.

Depuis l'instant funeste où j'ai vu cette
    plage
Envahie et foulée, un soir par les chré-
    tiens.
Depuis que faux croyant arabes, sans
    courage,
Pour suivre leurs drapeaux, j'ai déserté
    les miens,
Je porte dans mon cœur un remords qui
    l'oppresse,
Et pourtant je ne puis m'éloigner de ses
    lieux,
Car j'aime une chrétienne et dans ma
    folle ivresse
Mon bonheur est si doux qu'il n'a de nom
    qu'aux cieux.   bis.

Prophète entend ma voix et qu'Allhah me
    protège ;
Il est toujours pour moi le Dieu de l'U-
    nivers.

S'il bannit de mon cœur un amour sa-
crilège.

J'irai porter ma honte au fond de nos
déserts

Mais, hélas ! vain espoir dans la foule
infidèle,

Une femme sur moi daigna lever les yeux;

J'ai vu son front si pur et quand sa voix
m'appelle.

Mon bonheur est si doux qu'il n'a de nom
qu'aux cieux.   bis.

Le sort en est jetté, je cours au baptême.

Mais, hélas ! trahison, mes beaux jours
sont perdus;

On m'entraine au désert on me crie ana-
thème.

Adieu chrétienne, adieu je ne te verrai
plus ;

Je vais mourir pour toi belle enfant de la
France ;

Mais mon cœur sous le poids des suppli-
ces affreux ,

Plein de ton souvenir bravera la souffrance.

Car il aura l'espoir de te revoir aux cieux;

Oui mon àme à l'espoir de te revoir aux
cieux, de te revoir aux cieux.

LA PETITE SAVOYARDE.

Je suis de la Savoie
Une bien pauvre enfant ;
Où le bon Dieu m'envoie,
Je vais toujours chantant ;
Je chante, la misère
Me l'ordonne, et demain,
Demain ma vieille mère
Sans moi mourrait de faim !

A la Vierge Marie,
J'abandonne mon cœur ;
Et puis je chante et prie,
Et je crois au bonheur !
O vous que la richesse
Fait briller ici-bas,
Donnez, dans ma détresse,
Ne m'abandonnez pas.
        Je suis, etc.

Tout enfant, la souffrance
Déjà creuse mes yeux.
Laissez-moi l'espérance

De jours plus radieux !
Je suis si jeune encore ,
Que je ne puis mourir,
Voyez , je vous implore ,
Laissez-vous attendrir !
    Je suis , etc.

Si ma voix suppliante ,
Ne va pas jusqu'à vous ,
De ma vieille qui chante
Ecoutez l'air si doux !
Donnez à la chanteuse ,
Sa mère alors vivra ;
Je serai bien heureuse ,
Et Dieu vous le rendra.
    Je suis , etc.

MES PAUVRES CHEVEUX BLONDS,

J'ai quatorze ans et ma mère est infirme,
Oh ! pourquoi donc souffre-t-elle toujours
Elle est bien vieille et pourtant on m'af-
    firme
Qu'un jour le ciel lui portera secours ;
Dieu qui m'entends, exauce ma prière,
Pour mon bonheur, fais lui des jours bien
    longs ;

Oh ! par pitié sauve ma bonne mère
Qui m'a donné mes pauvres cheveux
    blonds.   bis.

On m'avait dit la vie est une fête
Viens t'enivrer à son banquet joyeux,
On m'avait dit qu'il fallait à ma tête
Fleurs parfumées et doux sourire aux
    yeux.
A moi des fleurs, à moi riche couronne,
Ah ! gardez-les pour vos brillants salons
Et laissez-moi celle que dieu me donne,
Car j'aime mieux mes pauvres cheveux
    blonds.   bis.

Qu'ai-je entendu ma pauvre mère pleure,
Et rien hélas ! pour adoucir son sort
De faim, de froid, faut-il donc qu'elle
    meure,
Tout est vendu jusqu'à son anneau d'o
Mais il me reste encor pour sa détresse,
Ces blonds cheveux si joyeux et si longs
Ah ! prenez-les, c'est ma seule richesse,
Dieu me rendra mes pauvres cheveux
    blonds.   bis.

HALI HALO ! ou le DIABLE A BORD.

CHANT MARITIME.

Sur le gaillard d'avant qu'on verse à boire
Je vais, amis, vous conter mon histoire :
  Tra là là là ,
  Gais matelots.
  Tra là là là ,
  Buvons à flots ,
Or, nous filions aux rives du Congot,
  Hali , halo.

À son bord, mes enfants, notre capitaine
  Reçu dans ce temps
  Un fier garçon de vingt ans.
Aux grands yeux bleus, à la taille africaine
Chacun de nous pour lui faisait le quart :
Dans les sabords on vantait son courage :
De nos dangers partageaient les hasards,
C'était toujours un tigre à l'abordage,
C'était un braveau cœur de vrai flambard.
  Un vrai flambard.   bis.
  Sur le gaillard , etc.

Ce garçon aux yeux bleus vint par notre
    Dame,
       De terre ou des cieux ,
       Pour qu'on filàt d'autres nœuds.
Or apprenez que c'était une femme,
Qui nous tenait enchaînés sous ses pas ;
Femme divine, archange ou bohémienne,
Par elle on vit de terribles ébats ,
Oui, mes amis, grâce à cette sirène,
C'était la guerre à bord du vieux trois
    mâts ,
       Du vieux trois mâts.   bis.
       Sur le gaillard , etc.

Le vaisseau tourmenté par les vents d'o-
    rage ;
       Dans l'obscurité
       Fuyait errant démâté
La belle avait damné notre équipage
Or cette femme était un Lucifer.
C'était le diable, oui, le diable en cornette
Seul, j'échappai à ses griffes de fer.
Depuis j'ai su que la pauvre corvette
Vogue aujourd'hui dans l'océan d'enfer,
       Vogue aux enfers.   bis.
       Sur le gaillard , etc.

PREMIER AMOUR.

REFRAIN.

Si vous ne voulez pas vous repentir un
    jour ,
  Oh ! ne brisez jamais ,
  Oh ! ne brisez jamais ,
  Votre premier amour.

Nul cœur, ne vaut amis, le cœur qu'on
    a quitté ,
De l'ange qui protège on n'est plus visité.
Toute peine est de feu, toute ivresse est
    de glace ,

4

Pour un culte nouveau l'âme n'a pas de
place.
    Si vous ne voulez, etc.

De mon bonheur passe de souvenirs an-
ciens,
J'évoque le prestige et toujours j'y reviens.
Insensé, de ma joie au temps de mon
aurore,
J'ai troublé l'onde pure et je la pleure
encore.
    Si vous ne voulez, etc.

Dans ces jours de folie un autre eût mes
transports,
Le réveil fut affreux, je reconnus mes
torts.
Je revint, m'est trop tard la tige était
fanée,
Par la main de l'oubli la fleur était glanée.

Si vous ne voulez pas vous repentir un
jour,
    Oh! ne brisez jamais,
    Oh! ne brisez jamais,
    Votre premier amour.

CHANSON INÉDITE.

Refrain.

O belle plaine,
Riche fontaine,
Paris, Provence;
Et départements,
Toute la France
Dans l'espérance
Chante en l'honneur
Du Prince Président.

Dans notre ville,
Tout est tranquille
Depuis longtemps.
On ne parle de rien,
Oui, c'est ici
Le plus doux des asiles,
Où tout chacun
Se ramasse du bien.
    O belle plaine, etc.

Le grand commerce.
Comme il s'exerce!

Depuis longtemps
On le voit refleurir,
Et vous verrez
Que bientôt l'assurance
Nous adviendra,
Pour tous nous enrichir.
    O belle plaine, etc.

Voyez, messieurs,
Comme chacun travaille,
Depuis longtemps
Je m'en suis aperçu.
C'est des fossés,
Des châteaux, des murailles,
Moi-même aussi
Je ne l'aurais pas cru,
    O belle plaine, etc.

Ayez confiance
A notre belle France,
Car c'est la mère
De tous les ouvriers.
Celui qui règne
A notre présidence
Veille sur nous
Et sur le monde entier.
    O belle plaine, etc.

Rassurons-nous
Et restons tous tranquilles,
Aimons-nous tous
Avec humilité ;
Et vous, vieillards
Et mêmes vous, pupilles,
Nous assurons tous
Grande prospérité.
    O belle plaine, etc.

UN PROPRIÉTAIRE.

Je possédais un parent,
Infirme et millionnaire,
Qui m'appelait son enfant ;
Il mourut ce pauvre père,
Me léguant mille soucis,
Trois rhumatismes chroniques,
Et six maisons magnifiques
Sur le pavé de Paris.

Ah ! monsieur la misère !
N'apprenez pas un jour
Ce qui en coûte pour
Être propriétaire.

Je ne puis, dans ma maison,
Dormir, ni manger, ni boire;
Pan ! pan ! pan ! c'est un maçon
Qui m'apporte son mémoire.
Tout conspire contre moi,
Peintres, couvreurs, architectes,
Contributions indirectes
Qu'on double par une loi !...
    Ah ! monsieur la misère, etc.

J'en possède jusqu'à six
De ces portiers que j'abhorre,
Qu'il me faut loger gratis,
Et qu'il faut payer encore !
Mais ce n'est rien que cela ;
Chacun d'eux veut que j'insère
Son fils dans un ministère,
Et sa fille à l'Opéra...
    Ah ! monsieur la misère ! etc.

Quatre fois par an, hélas !
Pour toucher mes honoraires,
Je dois aller, chapeau bas,
Frapper chez mes locataires.
D'un ton le plus radouci,
J'ai beau demander mes termes,
On m'accueille dans des termes

Que je ne puis dire ici...
Ah ! monsieur, etc.

Mes premiers et mes seconds
Se plaignent de mes troisièmes,
Mes troisièmes des plafonds,
Et ceux-ci des quatrièmes ;
Mais lorsqu'il s'agit de moi,
C'est bien une autre musique
Un concert charivarique
A faire fuir même un roi !
Ah ! monsieur, etc.

L'un me demande du jour
Un autre de l'éclairage :
Les modistes de ma cour
Me demandent de l'ouvrage
Enfin ils s'entendent tous
Pour consommer ma ruine.
Jusqu'à madame Fifine
Qui demande des verrous
Ah ! monsieur, etc.

Sur mon dos plus d'un quinquet
S'est renversé par mégarde ;
Dans un trou de son parquet
M'a fait tomber ma mansarde ;

Enfin croiriez-vous qu'un jour
Un artiste du cinquième
M'a sur mon escalier même,
Appelé ce monsieur Vautour!...
   Ah! monsieur, etc.

Je chassai de ma maison
Ce locataire incommode,
Gardant, comme de raison,
Son vieux lit et sa commode,
Or, savez-vous ce qu'il fit?...
Nous n'avons plus de censure!
Il fit ma caricature,
Que l'on vend à son profit.

   Ah! monsieur, la misère!
   N'apprenez pas un jour
   Ce qu'il en coûte pour
   Etre propriétaire.

UN MARIN A TERRE.

Du matelot à terre
(Courte et bonne) est le cri!
Un milord d'Angleterre,
N'est rien auprès de lui.

Il vit en vrai monarque ,
Et vint-il du Pérou
Jamais ne s'embarque
Tant qu'il lui reste un sou !
 En avant donc le rigodon !
 Et les violons :
 Et les chansons !
 Toujours des bals ,
 Et des régals ,
 Sur un sopha ,
 Comme un pacha.
Je veux avoir de l'agrément ,
Je veux trouver pour mn argent
Et du bonheur et du plaisir ,
Plus que mon cœur n'en peut tenir.

Je veux brûler des cierges ,
D'avance pour vingt ans !
Je veux dans quatre auberges
Loger en même temps ;
Je veux aux jours des noces
Des habits tout dorés ;
Trois montres , un carrosse
Et des souliers cirés ;
 Force tabac ,
 Force cognac ,
 Du rhum , du rac
 Et du cullac ,

Quel doux micmac,
Dans l'estomac,
On verra crac
Le fond du sac !
Je veux avoir de l'agrément,
Je veux trouver pour mon argent
Et du bonheur et du plaisir,
Plus que mon cœur n'en peut tenir.

Dans le vin qu'on me noie,
Mais là sur ses degrés !
Quand je suis dans la joie,
Vous autres, vous pleurez?
Le vieux père, la mère
Et quatre enfants, enfin....
Ils sont dans la misère,
On dirait qu'ils ont faim !
Tenez, tenez,
Prenez, prenez,
V'là mes écus,
Ne pleurez plus,
Je n'ai plus rien
Quel coup du sort,
Et maintenant à bord.
Moi qui voulais de l'agrément,
Morbleu, j'en ai pour mon argent.
J'ai du bonheur, j'ai du plaisir,
Plus que mon cœur n'en peut tenir.

L'AIGLE IMPÉRIALE.

REFRAIN.

Tambours battez aux champs, clairons
    sonnez fanfares
Saluez vos drapeaux, l'aigle de la victoire,
L'aigle qui conduit les Français à la gloire
Tambours battez aux champs; tambours
    battez aux champs,
      Clairons, sonnez fanfares.

Rappellons les beaux jours où l'aigle im-
    périale
D'un vol rapide et sûr allait en conquérant
Briser sceptre ennemi, courber souche
    royale
Devant son empereur, génie éblouissant.
      Tambours, etc.

Suivons sur ces rochers la belle aigle de
    France,
Consolant son héros ! ce prométhée des
    rois,
Ce martyr glorieux épuisant la vergeance

De tous les potentats qu'il soumit à ses
    lois.
        Tambours, etc.

Aigle aimée des Français ! aigle du tour
    du monde,
Nos cités enivrées s'ouvrent à ton aspect;
Tous nos braves soldats, dont la France
    est féconde
Vont orgueilleusement t'entourer de res-
    pect.
        Tambours, etc.

Le héros s'éteignant vaincu par la souf-
    france
A son pays légua son nom prestigieux.
Son aigle conquérant, puis dans sa pré-
    voyance
Un noble descendant qui fut doté des
    cieux.
        Tambours, etc.

La honte te chassa, la gloire te rappelle,
Ton héros vit encore, il est ressuscité.
Viens ! viens donc ! présider à notre ère
    nouvelle
Comme un heureux présage de sa félicité.
        Tambours, etc.

LE DISTRAIT.

Je suis distrait, c'est une maladie
Dont je voudrais à tout prix me guérir;
Mon existence est une comédie,
En mélodrame elle pourrait finir ;
Ce serait peu de faire cent folies
Pour ma santé s'il ne m'en coûte rien :
Mais, cet hiver flânant aux Tuileries,
Je suis trois fois tombé dans le bassin.
Il faut mourir tel que Dieu nous a fait,
Que voulez-vous, messieurs, je suis
    distrait.   bis.

A chaque instant, je fais des maladresses,
Souvent je sors sans avoir déjeûné,
En écrivant, je me trompe d'adresse,
En me rasant, je me coupe le nez.
A chaque mur tout peint frais je m'appuie.
A tous les clous j'accroche mon Elbeuf,
Tous les deux jours je perds un parapluie,
Et contre un vieux j'échange un chapeau
    neuf,
Ces quiproquos me vident mon gousset,

Que voulez-vous , messieurs , je suis
   distrait,   bis.

Je viens trop tard prendre la diligence
Ou par hasard , si j'arrive d'avance ,
Au lieu de Rheims , je m'en vais à Bor-
   deaux.
En omnibus, malheur à qui m'approche,
Sur ses genoux, je pose mon paquet,
Et l'on m'a vu maintes fois dans ma poche,
Fourrer six sous, qu'un voisin me passait;
Si ce monsieur me prenait au collet,
Je lui disais : pardon, je suis distrait. b

Combien de fois en chemin je m'égare,
Combien de fois rallumant mon cigare.
Je l'ai fumé par le côté du feu ,
Combien de fois en me trompant d'étage,
Je me couchais dans le lit du voisin,
Après avoir confondu son ménage,
Chassé sa bonne et consommé son vin ;
Si le pauvre homme en entrant se fâchait.
Je lui disais : pardon, je suis distrait, b,

Je viens trop tard quand il reste les
   miettes
Ou par hasard si je suis ponctuel ,

Des invités, je brouille les serviettes,
Je bois de l'huile et je prise du sel.
Dans un salon j'ai la main malheureuse,
Je brise tout et ne fais que faux pas
Ou je meurtris les pieds de ma danseuse,
Ou je m'asseois sur les chiens et les chats,
Et ces messieurs me mordant mes mollets,
Me font sentir combien je suis distrait. b.

LA BOUTEILLE.

Oh ! ma bouteille,
Oh ! mes tendres amours,
Beauté merveille,
Je t'aimerais toujours,
Objet de ma tendresse,
Toi seule est ma maîtresse
Pour moi, jamais,
Femme n'eut tant d'attraits.

Rois de la terre
Gardez votre grandeur,
Moins que vous fier,
Je goûte le bonheur,
Près de ma tendre bien-aimée,

Fuyant la renommée,
Je suis heureux,
Me crois l'égal des dieux.

Lorsque ma femme
Me cherche carillon,
Qu'elle, me blâme,
Je quitte la maison.
Je viens remplir de zèle,
Et pour me moquer d'elle,
La caresser,
Pour la faire enrager.

Si je m'ennuie,
Vite j'accours vers toi ;
Dans cette vie
Tu es autre que moi.
Quand je te tiens, ma chère,
Pleine de vieux madère,
Je suis, cent fois,
Plus heureux qu'un roi.

L'HONNEUR DU SOLDAT.

Ma sœur Marie est morte dans les larmes,
Quand la gaîté, le soleil et les fleurs ;
De son front pur éloignaient les alarmes,
Car à seize ans, on ignore les pleurs.
Un étranger, un amour éphémère.
Un désespoir l'ont mise où la voilà ;
Marie aimait, vous dormiez donc ma mère
Marie aimait, et je n'étais pas là.

REFRAIN.

Je poursuivrai celui qui l'a trompée,
Partout toujours sous l'œil de Dieu,
On a du cœur quand on porte une épée,
Je pars, adieu, ma mère adieu.

5

Pour te venger, je pars, pauvre Marie,
A ce devoir je consacre mes jours
Mais toi , ma sœur , qui sous l'herbe
    fleurie ,
Ne pleure plus, nous aimes-tu toujours ?
Dans ce bouquet recueilli sous ta tombe ,
Puisse ton ame accompagner mes pas ,
Et me montrer cet homme pour qu'il
    tombe ,
Sous cette main qui ne pardonne pas.
    Je poursuivrai, etc.

Allons, courage, embrassez-moi ma
    mère ,
Ne cherchez plus à retenir mes pas ;
Cela rendrait notre vieillesse amère ,
Et moi, mon Dieu , je n'y survivrai pas
Ma sœur tomba dans les filets d'un lâche
Par qui l'honneur, le nôtre, ne fut rien ;
Je suis soldat, j'accomplirai ma tâche,
Je suis soldat , votre honneur est mon
    bien.

  Je poursuivrai celui qui l'a trompée,
  Partout toujours sous l'œil de Dieu ,
  On a du cœur quand on porte une épée
  Je pars, adieu, ma mère adieu.

A S. M. L'IMPÉRATRICE.

Air : *Plane sur nos soldats, astre de liberté.*

Nous t'aimons tous sans te connaître,
De tes vertus c'est le doux prix ;
Aussi, hâte-toi de paraître
Devant nos regards attendris.
De la plus belle des couronnes
Viens décorer ton front charmant ;
Car tu peux dire en ce moment :
Je suis sur le plus beau des trônes !
Femme aux douces vertus, sans crainte ni
    regrets,
Règne dès aujourd'hui sur le cœur des
    Français.

Charles-Quint illustra l'Espagne ;
Mais, lorsque d'un Napoléon
Tu deviens la noble compagne
N'as-tu pas aussi beau nom ?
Déjà la France à ton histoire,
Ajoute le plus grand honneur ;
Car, épouser notre Empereur,
N'est-ce pas épouser la gloire ?

Femme aux douces vertus, sans crainte
      ni regrets,
Règne dès aujourd'hui sur le cœur des
      Français.

Ne regrette pas ta patrie,
La nôtre la remplacera ;
Et comme une mère chérie
De ses soins t'environnera.
Reconnaissante Impératrice,
Tu répondras à tant d'amour,
Et de nos gloires à ton tour
Tu deviendras la protectrice.
Femme aux douces vertus, sans crainte
      ni regrets,
Règne dès aujourd'hui sur le cœur des
      Français.

Si de la saison printanière
Brillait le soleil radieux,
De roses, un galant parterre,
Sur tes pas charmerait tes yeux.
Mais, pour remplacer cet hommage,
Quand l'hiver nous prive de fleurs,
Nous venons tous avec nos cœurs.
Pour les semer sur ton passage.
Femme aux douces vertus, sans crainte
      ni regrets,

Règne dès aujourd'hui sur le cœur des
    Français.

LE RETOUR DE L'AIGLE.

N'est-ce point, un songe délire,
Que vois-je au haut de ce rempart?
Est-ce bien l'Aigle de l'Empire
A la hampe d'un étendard,
Déployant ces ailes puissantes,
Il prend son vol audacieux :
Oui nos légions triomphantes
Ont reconquis l'oiseau des Dieux.

REFRAIN.

Français, courons à la victoire,
Sur les mers lançons nos vaisseaux,
Les Aigles d'illustre mémoire
Planent encor sur nos drapeaux,

Soldats aux rivages d'Afrique,
Voyez-vous ces fiers Musulmans,
Fuir devant l'aigle symbolique
Qui précède vos régiments,
Il féconde votre vaillance,
Et des pôles à l'équateur,

Va rendre à notre belle France
Son rang, son antique splendeur.
   Français, etc.

Quand de sa redoutable serre
Il étreignait le monde entier,
Chaque souverain de la terre
A senti son trône plier,
Il reparaît, Vienne, Bizance,
Berlin, Pétersbourg, Albion,
On salué l'Aigle de France,
L'Aigle du Grand Napoléon.
   Français, etc.

Honneur à l'aigle ! en lui réside
Toute la force du pays,
Prenons son aile pour agide,
Nous défierons nos ennemis.
Dans nos foyers qu'il inaugure,
La paix propice aux travailleurs,
Et qu'à l'étranger il assure
Gloire à jamais aux trois couleurs.
   Français, etc.

LA FILLE DE LA VALLÉE.

Quand les brises du soir
Passent sur ma vallée,
Je crois encor la voir ;
Mon âme est consolée,
Elles m'apportent sur leurs'ailes
Le souvenir de mon pays,
Parfums de fleurs fraîches et bell:s,
Je vous respire et vous souris.

Refrain.

Echo redis-moi la chanson du pays,
Ah ! ah ! ah ! ah ! ah ! ah !
J'attends au loin mes compagnes,
Ah ! ah ! ah ! ah ! ah ! ah !
C'est le chant de nos montagnes.

Douces voix que j'aimais,
Vous bercez mon enfance,
Revenez désormais
Endormir ma souffrance.
Pourquoi si jeune ai-je des larmes ?
Plus de chagrins, le chant joyeux

Des rossignols est sans alarmes.
Imitons les chants comme eux.
    Echo, etc.

Mon cœur bat : elle est là !
Oui, c'est elle ma mère,
Près de moi la voilà,
Ecoutant ma prière.
Oui je reviens dans ma vallée.
Bonheur, espoir; tout est là bas.
Je ne suis plus triste isolée.
Mais c'est un rêve, il passe hélas !
    L'écho, etc.

LE MOULIN JOLI,

Refrain.

Amour, moisson,
Garnissent mon grenier.
Femme ou mari
Prétend ici
Etre servi
Je suis meunier,
  Quel doux métier;
Par le meunier joli.

Avant que le jour se lève,
Mon cher moulin fait tic et tac :
Gaiment, l'ouvrage s'achève
Et je vide plus d'un sac.
D'amour, mon âme est remplie
Pour fille au charme divin :
Le travail et la folie,
Tous deux tracent mon chemin.

Quand vient dame Mathurin,
Dont l'œil brillant et noir,
En la voyant je devine,
Qu'il faut montrer mon savoir :
Pour contenter cette belle,
Soudain, par un doux effort,
Mon moulin double de zèle,
Et son tictat le plus fort.

Céline a touché mon âme
Par sa vertu, sa candeur :
Alors, adieu le trompeur,
Je prends plus que d'ordinaire
A ceux qui sont riches... bien,
Moi pour Céline et sa mère
Je moudrai toujours pour rien.

LE MINEUR.

Pauvre porion Belge à trois cents pieds
     sous terre
J'extrais le noir charbon qui doit sortir
     du puits.
A peine si du jour, je connais la lumière,
Ma lampe est mon soleil, tous mes jours
     sont des nuits.
Quand l'heure du repos vient avec le
     dimanche ,
Je monte aspirer l'air et sourire au ciel
     bleu.
En baisers paternels mon triste cœur
     s'épanche ,
C'est ma manière à moi d'honorer le Bon
     Dieu.   bis.

Que mon labeur pénible amène son salaire
Que l'amour de mes fils me désire souvent,
Que je passe nn seul jour près de leur
     tendre mère ,
Et je ne maudis pas mon sépulcre vi-
     vant.

La richesse jamais n'excita mon envie,
Frugal et résigné je suis content de peu,
J'espère l'avenir d'une meilleure vie,
C'est ma manière à moi d'honorer le Bon
    Dieu.   bis.

Mais quels cris tout à coup frappent ces
    voûtes sombres ?
Au secours !... un mineur vient d'être
    enseveli,
La muraille s'écroule et nul sous les dé-
    combres
N'ose affronter la mort pour sauver un
    ami,
Hésiter est honteux et fuir est misérable,
A l'œuvre et maudit soit celui qui déserte
    ce lieu.
Devoir doux à remplir j'ai sauvé mon
    semblable,
C'est ma manière à moi d'honorer le Bon
    Dieu.   bis.

LE SAUVEUR DE LA PATRIE.

Salut sauveur de la patrie
Gloire à toi Louis-Napoléon

En se révélant ton génie
A la France imposa ton nom.   bis:

Par des menaces sanguinaires
Qui allaient se réaliser,
La France à toutes les misères
Tremblait de se voir succomber.
Mais toi sauveur de la patrie
Tu veillais là Napoléon ;
Grâce à ta prudente énergie
La France a conservé son nom.

Et la France comme un seul homme
Répond à ton loyal appel :
Président elle te renomme
Son vote te fait immortel.
Sois fier sauveur de la patrie,
Ce vote a rehaussé son nom :
Pour lui s'est encore ennoblie
La race des Napoléon.

La clémence après la victoire
Signale ton cœur généreux,
Pardonner c'est aussi la gloire,
C'est vaincre en fesant des heureux.
Ainsi sauveur de la patrie
Tu feras vénérer ton nom.

Tendre mère, épouse chérie
Te béniront Napoléon.

En toi tout bon Français espère
Pour un plus heurenx avenir
Et bientôt d'un temps plus prospère
Tes efforts nous fsront jouir.
Alors sauveur de la patrie
On entendra ehanter ton nom.
Par le peuple qui déjà crie :
Vive Louis.Napoléon.   bis.

LA VOIX DE L'EMPIRE

Oui, oui, Napoléon,
Vient d'illustrer le salut de l'Empire;
Oui, oui, Napoléon,
Vient d'illustrer la grande nation.
Rallument leur flambeau.
Oui, oui, etc.

Au bruit de l'Empire,
La France conspire,
De sa grandeur
Le titre d'Empereur.
L'Aigle salutaire
Du haut des frontières,

Dit aux Prussiens,
Aux Anglais, aux Russiens,
Oui, oui, etc.

A lui la patrie,
Sans cesse s'écrie,
Du héros mort.
Reprend le sceptre d'or.
Prenant pour devise
La capote grise,
Le genre humain,
Redira ce refrain.
Oui, oui, etc.

D'un élan terrrrible,
La Frrrance invincible,
A sous son brrrras,
Retrouvé son éclat.
Sa marche profonde,
A travers le monde,
A fait jaillir
Le plus noble avenir.
La France naissante
De gloire éclatante,
Trouve en son cœur
Le plus parfait bonheur.
Oui, oui, etc.

Semblable au grand homme,
De Paris à Rome
Un ciel nouveau.
S'ouvre sous son drapeau,
Son nom dans l'histoire,
Flamboyant de gloire,
Du peuple enfin
A changé le destin.
  Oui, oui, etc.

Etoile du monde,
Lumière féconde,
Tes verts lauriers
Enfantent des guerriers,
Les arts, le génie,
La philosophie,
Sous ton drapeau
Semblable à la foudrrre
Qui réduit en poudrrre,
Du p'tit caporal
A repris le signal.
  Oui, oui, etc.

MARIAGE DE L'EMPEREUR.

Célébrons de notre Empereur
Le doux nœud qui l'engage

Et l'heureux mariage ;
Il prend femme selon son cœur,
Cela lui portera bonheur.   bis.

Soyez heureuse, ô charmante Eugénie !
Régnez sur nous avec Napoléon,
Et les Français, heureux, vous béniront.
Vous chérissez notre belle patrie.
          Célébrons, etc.

Pour épouser princesse brune ou blonde,
Qu'est-il besoin de chercher dans les
     cours ?
Napoléon, heureux dans ses amours,
Sait que son nom est le plus grand du
     monde.
          Célébrons, etc.

Tendres époux, que ce bel hyménée
De votre vie augmente la splendeur,
Et les Français désiré de grand cœur
Qu'elle soit longue, heureuse et fortunée.
     Célébrons de notre Empereur
     Le doux nœud qui l'engage
     Et l'heureux mariage ;
     Il prend femme selon son cœur,
     Cela lui portera bonheur.   bis.

L'ENFANT ET L'ALOUETTE.

Depuis longtemps chaque jour je te guette,
Et non sans peine, je te tiens enfin,
Il faut chanter, ma gentille allouette,
Et m'égayer par ton joyeux refrain.
Ne tremble pas en voyant cette cage,
Avec des fleurs, j'ai caché son réseau,
Tu peux te croire au milieu du bocage,
Chante avec moi petit oiseau.   bis.
    Ah ! ah ! ah ! ah ! etc.

Quand le printemps ranime la nature ,
Et nous permets le réveil des beaux jours;
Ta douce voix sous la tendre verdure
Peut célébrer tes candides amours.
Mais près de moi , pourquoi te taire en-
    core
N'entends pas ma voix te supplier ,
Hélas ton chant, peut-être, je l'ignore,
Chante à ton tour, et j · vais essayer. bis.
      Ah ! ah ! ah ! ah ! etc.

Quoi malgré tout, ta voix reste muette,
Et je ne puis rien obtenir de toi ;
Et bien fuis-moi , pars ingrate alouette,
Je ne veux pas t'enchaîner sous ma loi.
Mais une fois sous ces épais ombrages,
Reprends tes chants et ta douce gaité ,
Car je le vois, il le faut les feuillages
Pour célébrer en paix la liberté.   bis.
      Ah ! ah ! ah ! ah ! etc.

LE VIEUX RUBAN.

La jeunesse aux gais loisirs
Riait d'un pauvre bon homme ,
Pour un vieux ruban vert pomme ,

Trésor de ses souvenirs.
Ah ! répondait-il toujours,
Vous saurez , avec les jours.
    Car le cœur par bonheur ,
    Le cœur , mes jolis enfants,
    N'est pas comme les rubans.
    Non, non... je vous le promets,
    Le cœur ne vieillit jamais.

Sur ce ruban aujourd'hui
Tout mon passé se rassemble ,
Souvent je les mets ensemble,
A jaser mon cœur et lui...
Pour moi quels heureux moments,
Que ces entretiens charmants.
    Car le cœur, etc.

Qu'importe, en effet, les doigts
Du temps qui le décolore,
Si je puis le voir encore
Avec mes yeux d'autrefois...
Ou si, pour m'expliquer mieux,
Mon cœur passe dans mes yeux.
    Car le cœur, etc.

Puis leur criant à demain,
A demain, folle jeunesse,

Le bon vieux avec tristesse
Poursuivait son droit chemin ;
Mais la voix en s'éloignant,
Disait toujours s'éteignant :
　　Non, le cœur, etc.

QU'ILS OSENT DONC.

Ils veulent t'enlever à ma pauvre chau-
　　mière ,
Pour te traîner, enfant, au milieu des
　　combats ,
Les monstres sans pitié dédaignent ma
　　prière !
Et bien ! qu'ils viennent donc t'arracher
　　de mes bras.

REFRAIN.

Que me fait ma patrie,
Je t'ai donné la vie,
Tu n'appartient qu'à moi,　　bis.
Et malgré sa milice,
Dieu le veut, c'est justice,
Je passe avant le roi.　　bis.

Le pays est celui qui veilla ton enfance,
Est celui qui neuf mois souffrit avec
    bonheur ,
Pour attendre les jours où Dieu dans sa
    clémence ,
Devait à mon amour donner ton noble
    cœur.
       Que me fait , etc.

Ho ! ne résiste pas, pitié par ma vieillesse
Que si tu pars, enfant, rester sans soutien!
Et s'ils osaient encore, ho ! je te le con-
    fesse ,
Jusqu'au dernier soupir , je te défendrai
    bien.
       Que me fait , etc.

Qu'ils craignent ces tyrans dans leur folle
    colère
De toucher au trésor que je tiens du
    Seigneur ;
Car ils verraient alors ce que peut une
    mère,
Dont le désespoir fait une louve en
    fureur.
       Que me fait , etc.

LA BATAILLE D'AUSTERLITZ.

Un vieux soldat dit un jour à son fils,
  Silence, je commence
    vingt combats que j'ai vus mes
    amis
    ferai les récits :
  Ecoutez la bataille
  Où j'ai, sous la mitraille,
Bravé la mort vingt fois pour mon
    pays,
  Dans les champs d'Austerlitz.

  La nuit sur le côteau,
Couvrait tout de son voile sombre,
  L'Homme au petit chapeau,
  Se reposait sur le plateau ;
  Auprès des feux du camp
On l'apercevait comme un ombre
    Napoléon le grand,
Assis, dormait profondément.

  Dès le matin il hâte son réveil,
    gloire et la victoire
    présageaient dans un heureux
    sommeil

Criblés, flotter au gré des vents ;
　Remarquez l'empereur
　A la tête de son armée,
　Là brille sa valeur,
Il est certain d'être vainqueur.

Voici déjà de nombreux prisonniers
　Qu'on amène et qn'ou traîne,
Des généraux et beaucoup d'officiers
　Conduits par nos guerriers ;
　Mais un cri se répète ;
　Croisez la bayonnette !
Et dans les rangs ennemis la valeur
　Fait place à la terreur.

De Russes, d'Autrichiens
On fait un horrible carnage :
Mes enfants, j'en conviens,
Nous tapions dur, je m'en souviens.
　J'étais blessé, souffrant,
Rien n'affaiblissait mon courage,
　Je chargeais en marchant,
Ah ! je combattais vaillamment.

Alors des russes on aperçoit soudain
　La garde impériale
Vers la française avancer à grand
　train,

Un succès sans pareil ;
Mais bientôt il ordonne
Et a diane au camp donne l'éveil,
Bien avant le soleil,
Que la trompette sonne.

Les Autrichiens là-bas
Russes, Calmouks, Cosaques,
Par des cris, des hourras,
Viennent provoquer nos soldats ;
Ils veulent nous charger,
Mais en vain ils font des attaques,
Qui peut nous ébranler ?
Rien ne nous fera reculer.

Ran pa ta plan, pa ta plan , pa ta plan,
On bat la charge, on charge,
La colonne se met en mouvement.
Nous allons en avant.
Les clairons qui résonnent
Et les canons qui tonnent
Pon pa ta pon, pa ta pon, pa ta pon,
Ah ! pour nous quel doux son !

Voyez les combattants
Couverts de poudre et de fumée ;
Nos drapeaux triomphants

Disputant le terrain ;
Mais notre vieille garde,
Que l'empereur regarde,
Combattait comme un lion déchaîné;
Le Russe est consterné.

Alors doublant d'ardeur,
Dans une aussi sanglante lutte,
Le Français a du cœur,
Il attaquait avec fureur ;
Court sur les ennemis,
Il les écrase. il les culbute,
Là vingt drapeaux sont pris,
Combien de lauriers sont cueillis!

Austro-Russes, vous êtes terrassés,
En retraite complète,
On vous poursuit sur des étangs glacés
Vous êtes enfoncés :
Sous vous la glace craque :
Autrichien ou Cosaque
Tout disparaît vous êtes engloutis
Dans les champs d'Austerlitz.

De morts et de mourants
On voyait la terre jonchée,
Mais nous étions contents,

La victoire était dans nos rangs.
Des mains de l'empereur
Ma poitrine fut décorée :
Gage chéri de ma valeur,
Tu brilles encor sur mon cœur.

Ici finit le récit du guerrier,
Et ce bon père espère
Qu'un jour ses fils cueillit maint
    laurier
Pour orner son foyer.
Vieux soldats de la gloire,
Ah ! vous pouviez le croire;
Tous vos enfans, fiers de suivre vos pas
    Brilleront aux combats.

NAPOLÉON.

Air : *La veuve du Marin.*

Sur les débris en fondant sa puissance
Napoléon, cet illustre guerrier,
Comme un héros a gouverné la France;
Des étrangers il la fit respecter.
L'épée en main, affrontant la mi-
    traille,

Il terrassa le Russe et le Prussien :
Plus de cent fois sur le champ de
    bataille ,
Il a vaincu *(bis)* l'empereur autri-
    chien.

De nos cités bannissant la mémoire,
On avait cru pendant plus de quinze
    ans
Que son beau nom effacé de l'histoire
Ne vivrait plus, oublié par le temps
De la grandeur de son vaste génie
Nous recueillons autrefois les bien-
    faits.
Nous rendre heureux , enrichir la
    patrie ,
C'était le but (bis) de l'empereur
    français.

Il fut trahi; l'inconstante Bellone
L'abandonnait au moment des dan-
    gers ;
Il perdit tout, son fils et sa couronne,
Et des Français on flétrit ses lauriers.
  Sur le rocher de Sainte-Hélène
  L'on exila Napoléon-le-Grand.

Il succomba sous le poids de sa chaîne
Ainsi finit (bis) ce fameux conquérant.

Tous ses soldats, compagnons de sa
    gloire,
Avec orgueil terminant ses travaux,
On vous verrait, marchant à la vic-
    toire.
Voler encor à des périls nouveaux.
Le sabre en main, pour soutenir la
    France,
Guerriers fameux, devenez des héros:
    Napoléon a perdu l'existence,
Mais nous avons (bis) ses glorieux
    drapeaux.

FIN.

TABLE.

Fin de la Table.